흐르는 샘

흐르는 샘

초판1쇄 발행 2020년 4월 12일

지은이 金相基 Sam Kim
펴낸곳 도서출판 우인북스

등록번호 385-2008-00019
등록일자 2008. 7. 13

주소 안양시 동안구 시민대로 272, 1305호
전화 031-384-9552
팩스 031-385-9552
E-mail bb2jj@hanmail.net

ISBN 979-11-86563-18-2 02810
값 13,500원

흐르는 샘

김상기 시집

우인북스

시집을 펴내면서

"있더라 있어, 거기가…"
힘들게 구도자의 길을 걷던 선친의 말이다
"천국이 정말 있었네…"
"내 이럴 줄 알았으면 더 잘 믿을 걸"
어느 가짜였던 이 씨 성을 가진 군목의 고백이다.

마 13:44 "천국은 마치 밭에 감추인 보화와 같으니
사람이 이를 발견한 후 숨겨 두고 기뻐하여 돌아가서
자기의 소유를 다 팔아 그 밭을 샀느니라" 했다.

긴가맹가 알딸딸하는 게 인간의 변덕이다
천국이 숨겨져 있는 것처럼
내 마음의 비밀도 숨겨 놓을 곳을 찾다가
아주 안전하고

도적이 틈타지 못하는

나만이 숨겨 두고

기뻐할 곳을 드디어 찾았다.

2020년 부활절 아침에, 샘

* 성경은 개역을 인용했으며 부록에는 그리스도를 알지 못하는 이들을 위해 복음을 설명했습니다. 이 책의 수익금은 네팔과 캄보디아 교회건축 후원금으로 사용됩니다.

“

네팔과 캄보디아 교회 건축을 위해

수고해 주시는

리치몬드 한인 침례 교회 성도들에게

진심으로 감사드립니다.

”

차 례

창 1:1 "태초에 하나님이 천지를 창조하시니라"

월드 와이드 웹 w.w.w.

아침을 연다
그가 아침 눈을 열고 나를 본다
아침 이슬에 청초한 마음 한 줄 건너온다
그의 마음에서부터 열리고 닫히는 하루

눈을 뜨면 새 희망이 보인다
나를 감싸주는 포근함
행복한 일상으로 이어지는
너의 이름은 월드 와이드 웹w.w.w.

시 23:1 "여호와는 나의 목자시니 내가 부족함이 없으리로다."

RKBC 40주년

보았네,

나는 40년 전 오늘을

작은 겨자씨 한 알 Richmond Hopkins에 묻고

한 점 구름 속에서 소나기를

한 개 사과 씨 속에서 과수원을

어린양 한 마리 품에 안고

80억 영혼 구원의 애타는 목자의 심정을

복음의 텃밭에 앉아 흘리는 땀 닦아내며

음지와 양지 가리지 않는

복음의 선한 목자

교훈과 바르게 함과 의로 교육하기에 유익한

성경을 지키도록 가르치며

회리바람 불어올 때
든든한 바위 되어 양 무리의 안식처 되었다

목초 넉넉한 양들의 푸른 들
하늘을 나는 새도 부러워하는 광활한 대지
순수한 사명의 짐을 진 황소의 우직함으로 새벽을 깨운다
영광스러운 그곳은 나와 우리 후손이 길이 걸어가야 할
하나님이 주신 언약의 성
이제 다시 마흔 살 중년으로
Richmond야 힘차게 진군하자

렘 17:8 "그는 물가에 심기운 나무가 그 뿌리를 강변에 뻗치고 더위가 올지라도 두려워 아니하며 그 잎이 청청하며 가무는 해에도 걱정이 없고 결실이 그치지 아니함 같으리라."

흐르는 샘 곁 작은 풀꽃

긴 터널 뚫고 나와 눈을 떠 보니
물안개 핀 작은 언덕 내 고향
지친 발 주무르며 앞산 바라보니
웬일인가 이곳은 나의 옛 동산
오늘 누가 올까 맘 조리는데
꿈에 본 그분 여기 있었네

하늘 떨어지고 땅 꺼질 때
어디선가 들려온 솔베이지의 선율
여름 가고 가을 지나 겨울잠 취할 때
봄 병아리 소리치며 사월을 알리고
구름 태양 가리고 세상 빛 잃을 때
무지개 약속대로 낯선 곳에서 아침을 맞는다

고전 13:1 "내가 사람의 방언과 천사의 말을 할지라도 사랑이 없으면 소리 나는 구리와 울리는 꽹과리가 되고."

못 박기

찬찬히 박자

한 번은 사알-짝이

두 번째는 힘을 주고

세 번째는 힘껏 박자

그래야 빠지지 않거든

깊이 박은 다음 좌우로 흔들어 보자

자알 박혔거든 빼지 말자

그대로 둔 채

우리의 필요를 걸고

목표를 걸고 꿈을 걸고 사랑을 걸자

신 33:29 "이스라엘이여 너는 행복자로다 여호와의 구원을 너 같이 얻은 백성이 누구뇨 그는 너를 돕는 방패시요 너의 영광의 칼이시로다 네 대적이 네게 복종하리니 네가 그들의 높은 곳을 밟으리로다."

거미줄

언제나 우리는 행복한 사람들
보고 싶을 때 보고
만나고 싶을 때 24/7이다
작은 줄로 엮여진 80억 개의 그물망
한 번의 클릭으로 소식이 오고 간다
밤낮이 다를 뿐 우리는 지구촌의 한 가족

지금쯤
집으로 돌아올 시간이네
오늘도 기쁨의 하루가 돼야 한다며
왕거미 엔터를 툭- 친다

요 14:13-14 “너희가 내 이름으로 무엇을 구하든지 내가 시행하리니 이는 아버지로 하여금 아들을 인하여 영광을 얻으시게 하려 함이라 내 이름으로 무엇이든지 내게 구하면 내가 시행하리라.”

연鳶

실 하나에 묶여 태평양을 건넌 솔개
보이는 건 푸르른 창공 뿐
길을 잃었나 하고 당기면
여전히 바람 타고 노래한다
화난 소년 줄을 당기지만
여전히 연鳶은 바람과 합창을 하고 있다

에라 모른다 끊어져라 당긴 줄
문득 독수리 되어 나타났다
가늘다고 약한 것 아니니
줄만 믿고 구하란다
부르고 당겨야 대답하는 네 이름은 ‘연’

욥 23:10 "나의 가는 길을 오직 그가 아시나니 그가 나를 단련하신 후에는 내가 정금 같이 나오리라."

참새새끼

이리 보고 저리 봐도
두려움 없는 네 눈동자
비바람이 치고
폭풍우 몰려와 천둥 치는 한밤중
네 모습은 그대로였다

하늘 열고 퍼부은 소나기에
온몸을 적시고 부들부들 떨던 너
원망을 모른 채 가만히 기다리던 너
털 깎는 자 앞의 어린양이었다

성난 소나기 마음 고치고
햇빛 나던 날

네 모습은 윤기 나는 왕비였다
속상해 울며
힘들 때 참아 내다
스스로 날개를 펼쳐 창공을 비상하는 자유인
하늘 보고 구하고
땅 보고 기뻐하는 너의 고귀한 심성은
천하 만물도 감동하며
하늘천사도 부러워하더구나

잠 31:30 “고운 것도 거짓되고 아름다운 것도 헛되나 오직 여호와를 경외하는 여자는 칭찬을 받을 것이라.”

산-사태 山-沙汰

아무 것도 지닌 게 없다
모두를 줘버렸기 때문이다
비적 마른 팔 한 점 살이 없는 얼굴뿐이다
그는 산의 흙이 되었다

또다시 흙이 된 살을 파먹는 자식들
산이 된 어머니의
오른팔은 아들이
왼팔은 딸이 싹-뚝 잘라
돈으로 바꿔버렸다
불구가 된 어머니
남은 다리 두 개마저 흥정하는 자식들
흙이 된 어머니 다시 눈을 감는다.

시 91 : 14 "하나님이 가라사대 저가 나를 사랑한즉 내가 저를 건지리라 저가 내 이름을 안즉 내가 저를 높이리라."

가시

아이고, 아파
고통소리 귓전에 울린다
피 흘린다면 싸매 주련만
보이지 않는 작은 가시에 잠 못 이룬다
가시야, 나와라, 거긴 네 집이 아니야

너의 할 일은 착한 사람을
마음 아프게 하는 곳에 들어가
콕콕 찔러 주는 나단 선지자
이제 너는 내 형제 상처 위에 보호자 되어 꽃을 피우라
너는 지킴이
상한 마음 위로하고
다친 마음 회복시켜 주님 명에 회복시켜다오

마 7:1 "비판을 받지 아니하려거든 비판하지 말라."

전화 다이얼

성질난다고 손찌검 마라
나라고 속도 없는 줄 알아
평생 정직 하나로 살아 왔어!

툭하면 욕하지 마라
폭력 앞엔 절대 복종할 수 없어!
제발 나를 부드럽게 터치해

부드럽게 나를 터치할 때
최고의 상냥한 비서가 되고

정중하게 대하는 사람에게
항상 말없이 복종할 거야

막 10:7-9 "이러므로 사람이 그 부모를 떠나서 그 둘이 한 몸이 될찌니라 이러한즉 이제 둘이 아니요 한 몸이니 그러므로 하나님이 짝지어 주신 것을 사람이 나누지 못할찌니라 하시더라."

약속

해와 달 눈 감아 세상 어둡고

가득했던 밀물 인사도 없이 떠날 때

나는 조용히 두 조각배 닻을 내린다

감았던 하늘 눈 살며시 뜨며

집 나간 썰물 마음 바꿔 사립문 연다

오래 기다리던 두 조각배

이젠 닻을 올리며 떠날 채비를 한다

요 1:1 "태초에 말씀이 계시니라 이 말씀이 하나님과 함께 계셨으니 이 말씀은 곧 하나님이시니라."

성육신 Incarnation

흙으로 만든 나를 주께서 보호하시며
주께서 흰옷 입혀 나를 정케하셨습니다.

높은 산 낮은 언덕 주 앞에는 먼지이며
산과 바위도 바닷속에 모두 던지셨습니다.

주의 눈에는 천하를 주고도 바꿀 수 없는 귀한 영혼 뿐
사람의 고귀함을 어디에 비길 수 없어
주께서 사람의 몸으로 이 땅에 오셨습니다.

주님의 계획은 풍성한 삶이며
나의 문제는 언제나 불순종이었습니다.
주님의 해결책은 피로 물들인 가시나무

나의 선택은

오직 그리스도를 내 마음에 주인으로 모시는 일입니다.

요1서3:16 “그가 우리를 위하여 목숨을 버리셨으니 우리가 이로써 사랑을 알고 우리도 형제들을 위하여 목숨을 버리는 것이 마땅하니라.”

빨간 연필심

피 흘린 발걸음
설로혈로雪路血路 내게까지 걸어온 그 보혈의 능력
만왕의 왕
만주의 주
내 구주
내 주님
지금도 피가 흐른다

죽었던 생명을 되살리시고
잠자던 영혼 부활시키려
겉살 속살을 사정없이 깎아내는 또 한 번의 죽음
그가 돌고 돌아 한 바퀴 걸으면
세상 모든 이들의 허물과 죄가 덮힌다

아 2:10 “나의 사랑하는 자가 내게 말하여 이르기를 나의 사랑, 내 어여쁜 자야 일어나서 함께 가자.”

동심

나 그대 깊은 숲속을 헤매다가 빠졌습니다.
두 세 길이 나타나 헤매는 동안
나의 온몸은 찢겨진 전사가 되었습니다.

간신히 숲속을 나왔을 땐
한 마리의 암노루 새끼는 기쁜 듯 뛰놀고 있었습니다.
아, 한낮의 꿈이었습니다.
나 다시 꿈속의 그 길을 더듬고 있습니다.

창 4:9 "여호와께서 가인에게 이르시되 네 아우 아벨이 어디 있느냐 그가 가로되 내가 알지 못하나이다 내가 내 아우를 지키는 자니이까?"

南北

풀아, 풀아 거친 풀아
처음부터 네가 거친 건 아니었지
널 보호하려 가진 도구일 뿐

꽃아, 꽃아 가시 꽃아
처음부터 가시를 지니진 않았었지
너 자신을 지키기 위한 은장도일 뿐
나 네게 베어
쓰리고 찔려 피가 흐른다

풀아, 꽃아,
우린 서로를 의지하고
하나였는데

우리는 독을 품고 무기를 지니게 되었어

눅 21:34 "너희는 스스로 조심하라 그렇지 않으면 방탕함과 술취함과 생활의 염려로 마음이 둔하여지고 뜻밖에 그 날이 덫과 같이 너희에게 임하리라."

첫눈

그분이 오시나 보다
그분이 오실 때면
먼저 하-얀 기별을 하고 오신다고 했지
조금 기다리면 오시겠네
조금만 더 기다리면

저 멀리 이상한 구름
혹시 그분이 아니신가 기다린다
어린 소년 뒷동산 바위에 앉아
가슴 떨며 기다린다

롬 13:13 "낮에와 같이 단정히 행하고 방탕과 술 취하지 말며 음란과 호색하지 말며 쟁투와 시기하지 말고 오직 주 예수 그리스도로 옷입고 정욕을 위하여 육신의 일을 도모하지 말라."

겨울나무

결국 그렇게 맨살 보이고
초라한 모습을 보일 거라면
뭐 하러 그렇게 우쭐하고 교만했었나

오색으로 꾸민 너의 모습
평생 단발머리 열여덟 살일 줄 알았는데
찬바람 소식에 놀라 신발 겉옷 다 내던지고
가을바람에 알몸으로 도망치다니

아무에게나 찡긋하며 미소하던 너
동지섣달 눈보라에
겉옷 한 벌 장갑 하나 가져가 줄 자 없어 어떡하나

딤후 3:16 "모든 성경은 하나님의 감동으로 된 것으로 교훈과 책망과 바르게 함과 의로 교육하기에 유익하니 이는 하나님의 사람으로 온전케 하며 모든 선한 일을 행하기에 온전케 하려 함이니라."

거울 앞

너와 나
일란성 쌍둥이

어제는 덜 익은 능금
오늘은 산딸기 되었다

눈동자는 봄날 되어 꽃과 놀러 나가고
입술은 새벽별 되어 하늘에 붙었고
온몸은 소나기 되었다

그가 낯설게 서 있다

고전 10:13 “사람이 감당할 시험 밖에는 너희에게 당한 것이 없나니 오직 하나님은 미쁘사 너희가 감당치 못할 시험 당함을 허락지 아니하시고 시험 당할 즈음에 또한 피할 길을 내사 너희로 능히 감당하게 하시느니라.”

시험試驗

너 하나님의 사람아

걸어온 길 뒤돌아 다시 보지 말고

앞만 보고 걸어라

남의 말에 한평생 가슴앓이 삼지 말고

손에 든 작대기로 장애물 날리고

거친 파도 거센 물결에

새 길 열린다

고전 13:12 "우리가 이제는 거울로 보는 것 같이 희미하나 그 때에는 얼굴과 얼굴을 대하여 볼 것이요 이제는 내가 부분적으로 아나 그 때에는 주께서 나를 아신 것 같이 내가 온전히 알리라."

상실

찬찬히 떠나고

서서히 모든 걸 잃어간다

나는 잃어버리는 연습을 하고 있는 중이다

소중하던 물건이 구름과 함께 날아가고

의지했던 산봉우리도 썰물과 같이 떠나며

다정했던 연인도 저 멀리 걸어간다

모두가 겪는 이별의 아픔

울면서 기다리자

세상은 움켜쥐었던 손을 펴게 하는 훈련된 조교

지금은 아무도 그 이유를 알 수 없지만

그때는 얼굴과 얼굴을 마주 대하리

창 47:8-9 "바로가 야곱에게 묻되 네 연세가 얼마뇨 야곱이 바로에게 고하되 내 나그네 길의 세월이 일백 삼십 년이니이다 나의 연세가 얼마 못되니 우리 조상의 나그네 길의 세월에 미치지 못하나 험악한 세월을 보내었나이다."

결혼기념일

東西가 다른 우리 두 개의 '벽'
27년과 24년이 만나 57년의 쌍벽이 오늘까지 걸었다
혼란한 길 험준한 산비탈과 위험스러운 강을 건너
이제 조용한 강변에 다달았다

길고 어둡던 그 터널
이것은 주님의 공생애의 시작
이제 그분을 위하여
우리 함께 다시 소망의 배 위에 닻을 올리자

출 14:13-14 “모세가 백성에게 이르되 너희는 두려워 말고 가만히 서서 여호와께서 오늘날 너희를 위하여 행하시는 구원을 보라 너희가 오늘 본 애굽 사람을 또 다시는 영원히 보지 못하리라 여호와께서 너희를 위하여 싸우시리니 너희는 가만히 있을지니라.”

3·1절

진딧물 낀 무궁화
100년을 하루같이 살아온 세월
동서남북 이놈 저놈 먹잇감이 되었어도
환한 미소 잃지 않았다

있는 것 없는 것
다 주고도 모자라
가랑이 속까지 걷어올리던 힘든 세월
이젠 홀로 서겠다 몸부림친다

요 14:1 "너희는 마음에 근심하지 말라 하나님을 믿으니 또 나를 믿으라."

미 입국 23주년

한 번도 밟아 보지 않은 'VIRGINIA'
남자를 모르던 처녀
공중 나는 새가 부럽다
그분의 손길
사막의 길 곁엔 '흐르는-샘' 이 있었다

비로소 나는 23년의 뒤를 돌아본다
나는 순례자
갈 바를 알지 못한 채 떠나는 민들레
거기는 아무도 가지 않은 건건한 땅
가슴 떨리는 낯선 곳의 아침

마 28:19-20 “그러므로 너희는 가서 모든 족속으로 제자를 삼아 아버지와 아들과 성령의 이름으로 침례를 주고 내가 너희에게 분부한 모든 것을 가르쳐 지키게 하라 볼찌어다 내가 세상 끝날까지 너희와 항상 함께 있으리라 하시니라.”

새로운 아침

남자를 알지 못하던 처녀
하얀 눈 내려 작은 손자국 선명하다
신부신랑 성경 위에 손을 얹고 선서하던 가슴

나는 가야 해
동방 박사 별을 보듯 주신 말씀 순복하며

훗날 내 무덤 앞에
“주님과 함께 걸었던 사람” 이라 기록되리다

렘 18:4 “진흙으로 만든 그릇이 토기장이의 손에서 파상하매 그가 그것으로 자기 의견에 선한대로 다른 그릇을 만들더라.”

지혜로운 목수

구부러진 못 한 개
버려진 나무 한 조각이
그의 손에 들려져 위대한 성전이 탄생된다

그는 지혜로운 목수
나는 구부러진 못 한 개
버려진 한 조각인 나
그의 손에 들려져 천성을 만든다

Samuel Smiles “습관은 나무껍질에 새겨놓은 문자 같아서 그 나무가 자라남에 따라 확대된다.”

커피중독

이른 아침
너의 살 냄새를 맡고 싶어 눈을 뜬다

어서 나를 일으켜 다오
나의 오래된 연인
한 잔의 Hazelmut coffee

계 3:20 "볼찌어다 내가 문밖에 서서 두드리노니 누구든지 내 음성을 듣고 문을 열면 내가 그에게로 들어가 그로 더불어 먹고 그는 나로 더불어 먹으리라."

임플란트

그의 살이 내게 와 박혔다

너와 나

하늘과 땅처럼 다르지만

뼛속까지 찾아와 깊숙이 꽂혔다

이제 우린 한몸이 되었다

유대인속담 "하나님은 어느 곳이나 계실 수 없어 어머니를 만들었다."

어머니

저-멀리 비행기 날고
두리둥실 뭉게구름 떠날 때
소슬바람 얼굴에 스친다

강 건너 붙박이 된 눈
물이 깊어 건널 수 없다
종일 누군가 곧 올 것 같아 강가를 서성인다
기다리는 사람 여전히 오지 않는다

뱃사공은 세월을 젓고
강은 여전히 바람만 만지작거린다

마 4:16 "흑암에 앉은 백성이 큰 빛을 보았고 사망의 땅과 그늘에 앉은 자들에게 빛이 비취었도다 하였느니라."

빨간 물꽃

깊은 어둠 속에 SEOUL은 없다
사람들의 얼굴조차 헤아릴 수 없는 암흑
여기 작은 빛이 흐른다
오물 천지 속
해맑은 아이의 얼굴

온몸으로 외치는 앵두소녀의 절규
나를 보세요
흙탕물에 뿌리를 내렸다고
옷까지 더럽혀선 아니 됩니다
그는 인간들의 가슴에 외치는 광야의 소리

계 22:16 “나 예수는 교회들을 위하여 내 사자를 보내어 이것들을 너희에게 증거하게 하였노라 나는 다윗의 뿌리요 자손이니 곧 광명한 새벽별이라 하시더라.”

새벽별

우린 친구
언제나 하나
바닷가에 모래알 중
내 모랜 딱 한 개

이른 새벽 네 시면
더더욱 반짝이는 네 눈동자
대지는 깊은 잠에 취하고
장끼가 새벽을 깨울 때
너는 나를 다정하게 흔드는
변치 않는 친구

시 119:1-2 “행위 완전하여 여호와의 법에 행하는 자가 복이 있음이여 여호와의 증거를 지키고 전심으로 여호와를 구하는 자가 복이 있도다.”

들꽃

찌뿌린 하늘가
두메-골 작은 풀꽃
하늘 향해 인사한다

핏기 없는 하아얀 시골소녀
비바람에 순응하며
굿굿하고
두려움 없는 너의 자태
걸어온 길 다시 뒤돌아본다

시 90:10 “우리의 년수가 칠십이요 강건하면 팔십이라도 그 년수의 자랑은 수고와 슬픔뿐이요 신속히 가니 우리가 날아가나이다.”

가을

높푸른 하늘가
허수아비 사이로
고추잠자리 춤추고

코스모스 고개 흔들면
지붕 위 호박은 어머니 얼굴 되고
붉은 잎새에 매달린 바람이
유난히 손장난 친다

요 16:24 “지금까지는 너희가 내 이름으로 아무 것도 구하지 아니하였으나 구하라 그리하면 받으리니 너희 기쁨이 충만하리라.”

비 오는 날

누군가 올까 봐

자꾸만 눈이 문으로 가는 날

기다리는 이 오지 않아

결국 내 가슴을 열고

그와 만나 대화하는 날이다

막 9:23 "예수께서 이르시되 할 수 있거든이 무슨 말이냐 믿는 자에게는 능치 못할 일이 없느니라."

가을 '홍시'

얼굴빛 홍조紅潮하고

손짓으로 오라 하니

수만 리 떨어진들

건너지 못할 강江 내 앞에 있으랴

히 11:4 "믿음으로 아벨은 가인보다 더 나은 제사를 하나님께 드림으로 의로운 자라 하시는 증거를 얻었으니 하나님이 그 예물에 대하여 증거하심이라 저가 죽었으나 그 믿음으로써 오히려 말하느니라."

그리운 아버지

아버지!
지상에서 최고의 존귀한 이름 아버지
그래서 하나님의 이름도 아버지라 했나 봅니다.

자신의 껍데기까지 다 벗어 주고
홀로 알몸으로 떠나가신 아버지
가실 때 외롭다 하지 아니하시고 침묵을 지키신 아버지
그래도 못 잊어 사방을 둘러보다
차마 눈을 감지 못하고 떠나신 아버지
멀리 있는 자식 마음 편하라고
이른 새벽4시 홀로 훌쩍 떠나신 아버지

칠십 년을 한몸처럼 살던 아내

잠에서 깨어날까 염려스러워 살짝 떠난 아버지
아들 집에 오셔서도 남의 집에 온 것처럼
불편해 하시던 아버지
하룻밤 지나고 나 집에 갈란다고 말씀하시던 아버지
겨우 한 달을 채우시며 떠나실 때는
이제는 다시 보지 못할 것을 아시는 듯
차를 잡고 내리시기를 거부하시던 아버지
마지막 탑승하실 때는 떠밀려 들어가시던 모습의 아버지
유성 온천에서 힘없는 발걸음으로
계단 하나를 잘못 밟아 넘어지려다
다시 걷던 아버지
이젠 아버지가 그렇게 좋아하시던 곳으로 가셨습니다.

언젠가 여름 한낮 비몽사몽간 꿈을 꾸신 후
"있더라! 있어, 거기가 있더라!" 라며 눈물짓던 아버지
그 후로 만나는 사람마다
"네 영혼은 어디서 지낼 텐가?" 를
전도의 제목으로 삼았던 아버지
아무리 그곳이 좋더라도 가족 때문에
더 일찍 서둘지 못하셨던 아버지
이제는 그곳에서 편히 쉬시고 가끔 생각나시거든
우리 형제들을 위해 기도해 주세요.
그렇게도 늘 안쓰러워하시며
"막내야" 라고 부르시던 아버지
그 막내 네도 걱정하지 마세요.
아버지 떠나시기 직전 큰소리로

청구아파트까지 들리도록
막내를 부르는 바람에 잠에서 번쩍
깨어나게 하신 아버지
이젠 우리 모두가 제 자리를 지키고 잘 들 살아가니
걱정마소서 아버지

하관하는 날 동네사람들은
아버지는 복이 많으신 분이라 고백했습니다.
생전에 만들어 놓으셨던
그 산소 자리는 물기 하나 없이 깨끗했습니다.
살아생전 석관에 물이라도 괴어 있거든
걸레로 닦아내고 사용하라던 아버지
아버지의 엄살은 수포로 돌아갔습니다.

평소에 말씀하시던 대로
아무리 나쁜 자리라도 선하고 좋은 분은 '물' 과 '불' 을
막아주는 경우가 있다고 하시던 아버지
그러고 보면 아버지는 정말 선한 분으로 입증된 셈입니다.
물을 막아 주시는 하나님의
손길을 경험하셨기 때문입니다.

막내가 이런 말을 했습니다.
"아버지의 묏자리는 내 어릴 때
소꿉친구들과 함께 놀던 따스한 언덕이야" 라구요.
아버지의 장례식은 우리 모두의 축복이었습니다.
그렇게 많이 내리던 눈도 그치고
발인에서 하관까지 한 시간 안에 모두 마쳤습니다.

평소에도 자동차 타시는 것을 좋아하셨는데
동네 어른들의 행여의 수고를 만류하고
작은 자동차로 모시었습니다.

아버지의 유언대로
주변 수고한 분들에게 고맙다는 인사를 드렸고
연락이 가지 않은 분들에게는
전화를 드려 인사를 드렸습니다.
문득 눈 감으면 아버지의 생전 모습이 아롱집니다.

이제 우리는 울지 않습니다, 아버지
형제들의 우애도 더 더욱 돈독히 하겠습니다, 아버지
살아생전 효자는 없다고 말씀하시던 아버지

저 같은 불효가 이 땅에 다시는 없어야 되겠지요.
이제는 이곳 걱정 마시고 편히 계시다가
주님과 함께 거기서 다시 만나요, 아버지

마 6:1 “사람에게 보이려고 그들 앞에서 너희 의를 행치 않도록 주의하라 그렇지 아니하면 하늘에 계신 너희 아버지께 상을 얻지 못하느니라.”

목적 目的

너 하나님의 사람아
생각하고 고민해 보라
그리고
또 생각해 보라

난 정말 누구인가?
나는 얼마나 소중한 사람인가?
나는 지금 어디서 무엇을 하는 사람인가를

두메산골 무명의 꽃
뉘 하나 알고 찾는 이 없어도
그 한 분 사명으로
벌 나비 친구 되어 노래 부른다

행 16:31 "가로되 주 예수를 믿으라 그리하면 너와 네 집이 구원을 얻으리라."

각자도생 各自圖生

사람들의 교만이 하늘을 찌르니
여호와 하나님의 눈물 비가 되었다
보다 보다 못한 하나님
힘들게 쌓아 올린 인간의 바벨탑 불어 버렸다

사방으로 흩어져 헤매는 사람들
어찌할꼬 어이할꼬 부르짖지만
이미 허물어진 바벨탑 먼지만 자욱하다
이제야 납작해진 인간들 엎드려 하늘을 본다

눅 16:10 "지극히 작은 것에 충성된 자는 큰 것에도 충성되고 지극히 작은 것에 불의한 자는 큰 것에도 불의하니라."

돈아$₩

돈아, 돈아,

너는 돌고 도는 다람쥐의 별명

돌고 돌아 다시 올 때는

아파하는 이의 위로가 되고

슬픈 이의 격려가 되며

빚진 자의 기쁨이 되고

억울한 자의 재판관이 되거라

돈아, 돈아,

너는 쉴 새 없이 날아다니는 촉새의 별명

가난한 이 불쌍히 여기고

농부의 뿌린 씨 백배로 거두는 것처럼

나누는 착한 이에게는 펑-펑 솟는 샘물이 되거라

돈아, 돈아,

너는 나의 다정한 친구

돌고 돌아 다시 올 때는

삼십, 육십, 백의 친구들과 떼를 지어 함께 오거라

그분을 위해

나는 너희들을 다시 지구 저 끝으로 파송하리라

전 12:1 "너는 청년의 때 곧 곤고한 날이 이르기 전, 나는 아무 낙이 없다고 할 해가 가깝기 전에 너의 창조자를 기억하라."

유레카

"있더라, 있어, 거기가!"
호르는 눈물샘 주체할 수 없네
저 작은 '공' 만한 지구는 꼬마들의 운동장
싸우고
울며
거짓으로 얽혀진 아우성 소리
아,
저곳이 지옥이구나

"있더라, 있어, 거기가"
호르는 눈물샘 주체할 수 없네
내 진작 이런 곳이 있는 줄 알았더라면
더 잘 믿을 것을

아,

천국이 있었네

나 구원 받았네

요 5:24-25 "내가 진실로 진실로 너희에게 이르노니 내 말을 듣고 또 나 보내신 이를 믿는 자는 영생을 얻었고 심판에 이르지 아니하나니 사망에서 생명으로 옮겼느니라. 진실로 진실로 너희에게 이르노니 죽은 자들이 하나님의 아들의 음성을 들을 때가 오나니 곧 이 때라 듣는 자는 살아나리라."

COVID-19

80억의 사람들이 공포에 질렸다
부모형제 이웃끼리도 죽을까 봐 걱정이 태산이다
핵무기가 두려웠는데 알고 보니 역병疫病이 더하다
작은 지구촌 골목길을 구석구석 한 바퀴 쓸었다

참새 한 마리도
주님의 허락 없이는 땅에 떨어지는 일은 없다
한 영혼은 천하보다 귀하다
머리털 하나까지 세신 바 되었으니 얼마나 소중하랴
사람아, 사람아, 너 자신을 보라

만물보다 거짓된 게 네 마음이 아니던가
자고새가 낳지 아니한 알을 품은 것처럼

결국은 네가 믿던 것들이 허망하게 날아가 버리리라
인간아, 인간아,
오죽하면 창조주가 후회하며 홍수로 쓸어 버렸겠는가?

들어라 인간들아
보아도 들어도 채울 수 없는 탐욕의 터진 저수지
살인과 간음으로 음식을 삼고
거짓과 도적으로 물든 너희에게 보내는 선물 COVID-19

주는 선한 목자
막대기와 지팡이로 양 무리를 다스리는 창조주 여호와
때로는 다리를 부러트리면서 부르시던 자비한 음성
그래도 안 돼서 저주 받은 나무에 달려 네 영혼을 부른다

돌아오라, 어서 오라,

문 닫기 전에 오라

이제 네게 남은 운명은 2분도 안 되는 100초 뿐,

柱 : 운명의 날 시계는 미국핵과학자회BAS 이사회가 노벨상 수상자 13명을 포함한 인사들에게 자문을 얻어 결정한다.

창 2:9 "여호와 하나님이 그 땅에서 보기에 아름답고 먹기에 좋은 나무가 나게 하시니 동산 가운데에는 생명나무와 선악을 알게하는 나무도 있더라."

에덴동산

아담 하와 지으시고
좋아라 하시던 여호와 하나님
그날에
이곳을 기억하라며
여기는 어둠이 없는 곳이라고 말씀하시던 주님

미꾸라지 소금 치듯
가시넝쿨 찌를 때
선악과 바라보며 기억하라며
상처 보듬으며
어루만지시는 주님의 손길

약 2:19-20 "네가 하나님은 한 분이신 줄을 믿느냐 잘하는도다 귀신들도 믿고 떠느니라. 아아 허탄한 사람아 행함이 없는 믿음이 헛 것인줄 알고자 하느냐."

거짓말

만물보다 거짓된 사람의 마음
속이고
죽이고
뒤통수치며
멀쩡한 눈 꾸벅인다

오늘은 헛간의 가난뱅이
어제는 뒷간의 재벌
내일은 다시
아빠를 죽이고 엄마를 죽이며
자식 손자 씨를 말린다
결국 이제야 오늘이 자신의 제삿날임을 확인한다

빌 2:13 “너희 안에서 행하시는 이는 하나님이시니 자기의 기쁘신 뜻을 위하여 너희로 소원을 두고 행하게 하시나니.”

소명 召命

나와 동행하시는 주 예수님
사망으로도
너와 나 끊을 수 없는 관계라며
조용히 부르시는 주님의 음성
성령으로
기도로
환경으로
사람들로
성경 속에서 여전히 나를 부르신다

네가 성경을 읽지만
성경은 너를 읽는다고 말씀하신다

시 90:10 "우리의 년수가 칠십이요 강건하면 팔십이라도 그 년수의 자랑은 수고와 슬픔 뿐이요 신속히 가니 우리가 날아가나이다."

죽음 앞

가진 자

갖지 못한 자 구별이 없다

모두가 한 생각뿐

이제야

정신 놓지 않으려 혀 깨물며 한곳만 응시한다

몇 년 만 더

몇 달 만 더

며칠 만이라도

이제야

몇 시간 만 더 달라 애걸한다

허구한 날

노름에 다 날리고
단 한 번 옳은 일에 투자한 적 없으니
적신으로 왔으니 벌거벗고 가라며
꼬-옥 쥔 손가락까지 억지로 편다

민 14:8 “여호와께서 우리를 기뻐하시면 우리를 그 땅으로 인도하여 들이시고 그 땅을 우리에게 주시리라 이는 과연 젖과 꿀이 흐르는 땅이니라.”

가나안

산 넘고 강을 건너
도달한 낯선 이방인의 성읍
뜨거운 숨 거친 심장소리 들으며
사방을 본다
포도 석류 무화과 둘러메고
사십 일의 탐험
가능과 불가능의 피나는 전투
드디어 어둠 물러가고
밝은 햇살 떠오른다

수 24:13 "내가 또 너희의 수고하지 아니한 땅과 너희가 건축지 아니한 성읍을 너희에게 주었더니 너희가 그 가운데 거하며 너희가 또 자기의 심지 아니한 포도원과 감람원의 과실을 먹는다 하셨느니라."

약속의 땅

할아버지 제단 쌓고

아버지 우물 파서 살던 곳

나와 내 손자들이 살아가야 할 땅

아직도 많이 남아 있어

저-멀리

해 떠오르는 언덕까지

나는 달렸다

약 3:2 "우리가 다 실수가 많으니 만일 말에 실수가 없는 자면 곧 온전한 사람이라 능히 온 몸도 굴레 씌우리라."

시무언 示無言

총이 무섭고
칼이 두렵다지만
사람 입은 더 무섭다

사실이라 밝히지만
진실만 못하고
보고도 말 없는 사람
더더욱 무섭고
더더욱 두렵더라

"추억이란 희망의 길에서 발에 걸리는 돌멩이이다." -Kahlil Gibran

추억

초등학교 5학년 가을 어느 날 오후
나는 새 공책을 사 들고 연필을 손에 쥔 채
우리 집 뒷산에 올랐다

나는 그날 가슴이 뛰고 또 뛰었다
하-얀 공책에 무언가를 그리고 써야 하는데
솔 냄새와 풀 향기 가득하고
높고 넓은 하늘에 신묘막측神妙莫測한 그림이 걸려 있어
한 줄도 적을 수 없었다

그날을 추억하며
나는 오늘에야 비로소 여기에 적었다
늦었지만,

고후 12:10 "그러므로 내가 그리스도를 위하여 약한 것들과 능욕과 궁핍과 핍박과 곤란을 기뻐하노니 이는 내가 약할 그 때에 곧 강함이니라."

약한 게 강하더라

강한 거 부러지고 단단한 거 부서지며
높은 산 낮아지니 약한 게 더 강하더라

슈베르트는 연애 실패하고 '아베 마리아' 를
존 번연은 14년 옥중생활로 '천로역정' 을
손자는 절름발이로 '손자병법' 을
서머셋은 말더듬이로 '써밍 업' 을
도스토엡스키는 간질로 '죄와 벌' 을
존 밀턴은 장님으로 '실낙원' 을
베토벤은 귀머거리로 '운명' 을
사마천은 거세 당하므로 '사기' 를
한비자는 벙어리로 '20권의 한비자' 를
이광수는 고아로 '사랑' 을

이중섭은 유복자로 '흰소'를

그러고 보니
약한 게 더 강하더라

마 13:31 "또 비유를 들어 이르시되 천국은 마치 사람이 자기 밭에 갖다 심은 겨자씨 한 알 같으니."

시詩

"천국은 마치 밭에 감추인 보화와 같으니
사람이 이를 발견한 후
숨겨 두고 기뻐하여
돌아가서 자기의 소유를 다 팔아
그 밭을 샀느니라(마13:44)" 했습니다.

긴가맹가 알딸딸하는 게 인간의 변덕이다
천국이 숨겨져 있는 것처럼
내 마음의 비밀도 숨겨 놓을 곳을 찾다가
아주 안전하고
도적이 틈타지 못하는
나만이 숨겨 두고
기뻐할 곳을 드디어 찾았습니다.

아 2:10 "나의 사랑하는 자가 내게 말하여 이르기를 나의 사랑, 나의 어여쁜 자야 일어나서 함께 가자."

아가 雅歌

아들과 딸에게
어서 빨리 읽히고 싶지만
망설여지는 금단의 책

금년이면 읽을 수 있을까
늦어도 내년
이맘때면 읽을 수 있겠지

마음 조아려 두 손을 모은다

합 13:16 "내가 들었으므로 내 창자가 흔들렸고 그 목소리로 인하여 내 입술이 떨렸도다 무리가 우리를 치러 올라오는 환난날을 내가 기다리므로 내 뼈에 썩이는 것이 들어 왔으며 내 몸은 내 처소에서 떨리는도다."

전쟁의 소문

해와 달 눈 감아 땅 어둡고

하늘의 별들 흔들려 땅에 떨어진다

성난 마馬

미쳐서

동서남북 꼬리로 불 품어 낼 때

우리 아빠

성내심 풀어 드리려

나

조용히 무릎 꿇고

외양간의 송아지 놀랠까 잠 못 이룬다

롬 8:28 "우리가 알거니와 하나님을 사랑하는 자 곧 그 뜻대로 부르심을 입은 자들에게는 모든 것이 합력하여 선을 이루느니라."

종합선물

추한 인간의 모습을 어디에 비할까
버려진 연탄재
찢어진 걸레쪽
아니면
신작로의 자갈돌인가

창조주이신 나의 주 예수님
연탄재는 화가의 그림 되고
걸레쪽은 쥐구멍을 틀어막고
자갈돌은 예배당으로 꾸며 주셨습니다

말 3:10 “만군의 여호와가 이르노라 너희의 온전한 십일조를 창고에 들여 나의 집에 양식이 있게 하고 그것으로 나를 시험하여 내가 하늘 문을 열고 너희에게 복을 쌓을 곳이 없도록 붓지 아니하나 보라.”

십일조 tithe

십 퍼센트가
주님의 것이라 했는가
첫 것도 주님의 것이라 했지
아니다
만물이 주에게서 나왔으니
천지만물이 모두 우리 주님의 것이라

등에 진 짐 무거우니
날 오라고 부르신다
나는 선한 목자
너는 길 잃은 어린양
갈 길 몰라 허둥댈 때
스탑사인Stop sign 그려 놓고 정지를 명하신다

이것이 너의 '선악과' 라고

요 6:68 "시몬 베드로가 대답하되 주여 영생의 말씀이 계시매 우리가 뉘게로 가오리이까."

신구약新舊約

입으로 구하고
발로 찾고
손으로 두드리라
이것이
구도자의 길

진리를 구하고
생명을 찾으며
성령에 민감하라
이것이
믿는 자의 길

그 무엇보다 구약과 신약을 찾으라

이것이 길이요 진리요 생명의 떡이다

柱: "선인부사도강仙人浮莎渡江이란 '선비가 뗏목을 타고 강을 건너는 모습'을 하고 있다고 해서 붙여진 이름이다." 풍수지리에서는 아시아에서 두 군데 밖에 없는 '혈穴'자리이다.

금산천내錦山川內

선인부사도강仙人浮莎渡江 좌정하여 겸손히 흐르고
비단 뫼 아래는 흐르는-샘이 자리하며
남북이 구릉丘陵으로 착한 족속 뭉쳐 있고

대지대혈大地大穴 자리하여 발복發福의 근원지며
강 건너 낙안평樂安平 평화 이루고
좌측의 봉황鳳凰이 하늘을 나니 오늘의 나 여기 있다
여기가 금산錦山인데
흐르는 샘의 태생지胎生地라

계 22:12 "보라 내가 속히 오리니 내가 줄 상이 내게 있어 각 사람에게 그의 일한대로 갚아 주리라."

진락산進樂山

"우뚝 솟은 진악산에 흐르는 금하
초연한 집 그 이름 금산산고로세
청년들아 학도야 발걸음 맞춰라
삼천리 진리 찾아 용진하세
금산산고 사랑의 모교" 아침마다 부르던 교가

새싹의 연한 풀 여기서 뛰고
푸른 꿈 육년 동안 여기서 키웠다
나 이제 다시 일어나
세상의 송죽松竹이 되어
그리스도의 푸른 계절 앞당기리라

마 28:20 “내가 너희에게 분부한 모든 것을 가르쳐 지키게 하라 볼찌어다 내가 세상 끝날까지 너희와 항상 함께 있으리라 하시니라.”

비전vision

그리스도의 지상명령至上命令에 안경을 끼고
현재보다 더 나은 발전을 위해
항상 꿈꾸고
기도하며
그분의 목표와 성장을 위하여
나의 의지를 담고

복음전도의 기술을 익히며
땅끝 선교에 최선을 쏟는다

요 10:14 "나는 선한 목자라 내가 내 양을 알고 양도 나를 아는 것이."

나의 꿈

주 예수 그리스도의 종
선한 목자로
상담가
사회복지사
저술가로
나와 이웃의 행복을 위하고
궁극적으로는
영혼구원에 목적을 둔다

언제나
주님 좋아하는 일 나도 좋아하고
주님 싫어하는 일 나도 싫어하리다

시 139:14 "내가 주께 감사하옴은 나를 지으심이 신묘막측하심이라 주의 행사가 기이함을 내 영혼이 잘 아나이다."

나, 이 땅에 살아가는 이유

나 지상에 살아가고 있는 유일한 이유가 있다면
나를 명품名品으로 만들어
이 시대의 복음을 위한 사자使者로

이 땅에 보내신
나의 주님 되신 예수 그리스도 앞에서
항상 기뻐하고
감사하며
언제든지 선을 선택하고
악을 거절하며
현재 나의 모습과 환경에서 그분을 섬기며
그분을 사랑하는 사람들과 함께 교제하고
그분을 모르는 사람들에게는 그분을 소개하며

그분의 성품을 닮기 위해 애쓰고

이 땅에서
그분을 위한 좋은 도구로서의 가치와 기능을 다하며
그분의 마음을 기쁘게 하는데 있다

눅 17:10 "이와 같이 너희도 명령 받은 것을 다 행한 후에 이르기를 우리는 무익한 종이라 우리의 하여야 할 일을 한것 뿐이라 할찌니라."

교회 Church

건물이 아닌 구원받은 사람들
십자가가 아닌 그리스도께서 부른 사람들
주님께 죄인으로 고백하고 침례로 고백한 사람
죽었다가 다시 태어나 부활의 삶을 나누며 사는 이

주님을 위해
소리를 내고 움직이며
만들기도 하고 부수기도 하는 이
오라면 달려오고
가라면 말없이 복종하는 사람

종일 일하고도
하여야 할 일을 했을 뿐 무익한 '종'이라 고백하는 이

자신의 모든 것 다 바치고
이제 하나 남은 생명 바치노라 고백하는 사람
이런 사람들이 모인 공동체를
'거룩한 교회' 라 부른다

마 25:35-36 "내가 주릴 때에 너희가 먹을 것을 주었고 목마를 때에 마시게 하였고 나그네 되었을 때에 영접하였고 벗었을 때에 옷을 입혔고 병들었을 때에 돌아보았고 옥에 갇혔을 때에 와서 보았느니라."

양과 이리

보그라 마을 마음 착한 곱추 우그린이
누나 소랑케와 함께 산다
어머니는 알콜중독자
아버지는 누군지도 모른다
어느 날 소랑케
억울한 도둑 누명으로 옥살이를 하고 출옥하지만
도둑이 된 소랑케는 일자리를 구할 수 없다
궁여지책 몸을 팔아 동생을 부양한다

그러던 어느 날
마음 착한 곱추 우그린이 마을로 나왔을 때
마침 그곳에 모여 있던 무리들
창녀의 동생이라 소리치며 발로 차고 밟는다

이 일로 상처받은 우그린이 강에 뛰어들고
누나인 소랑케 권총으로 목숨을 끊는다

남매의 자살 소식을 접한 신부
“이들은 자살이 아니라 무자비한 인간들에 살해당했다” 며
가슴 치며 탄식한다

장례식 날 마을 사람들이 모두 모였다
신부 이렇게 설교한다
“교인들이여, 이 세상 마지막 심판 날”
주님께서 “내 양떼들은 어디 있느냐?” 물으시면
“나는 모르겠습니다.” 대답할 것입니다
주님께서 다시 “내 양떼들은 어디 있느냐?” 물으셔도

나는 여전히 "모르겠습니다." 하고 대답할 것입니다

주님께서 마지막으로
"내 양들은 어디 있느냐?" 물으신다면
그때 나는 송구스러움을 무릅쓰고 이렇게 대답할 것입니다
"주님, 저들은 양떼가 아니었습니다."
"주님, 저들은 이리떼들이었습니다."

프랑스 작가 삐에르땅 빠셍이 쓴 '우리의 삶의 날들'을
묵상하며 "내가 혹시 그 짐승이 아닌가, 해서요."

잠 6:1-2 "내 아들아 네가 만일 이웃을 위하여 담보하며 타인을 위하여 보증하였으면 네 입의 말로 네가 얽혔으며 네 입의 말로 인하여 잡히게 되었느니라."

구두쇠

미안함은 잠깐이다 '돈' 빌려주지 말고
미안함은 잠깐이니 '보증' 서지 마라
미안함은 잠깐이니 헛된 '약속' 피하고
미안함은 잠깐이다 '밥값' 먼저 내지 마라

그러니
'Yes' 와 'No' 를 분명히 하고
'거절' 을 상식화 하라
삶이 훨씬 가볍고 싱싱해질 것이다

요 12:3 "마리아는 지극히 비싼 향유 곧 순전한 나드 한 근을 가져다가 예수의 발에 붓고 자기 머리털로 그의 발을 씻으니 향유 냄새가 집에 가득하더라."

옥합

주님,

내 아들

하나는 우편에 또 하나는 좌편에 앉게 해 주세요

한없는 인간의 탐욕

구원받았다 고백하지만

아-하 허탄한 사람아 귀신들도 믿고 떤다네,

십일조라 드리지만 더럽고 추접한 자기 이름 내려고

첫 것이라 드리지만 눈먼 비둘기 가져오고

번제라 드리지만 돼지피를 가져오며

주께 충성하는 사람 뒷다리 걸며 음흉한 웃음 짓고

한번 잡은 그것 놓을 줄 몰라 땅콩 쥔 원숭이 되어

욕심 많은 짐승이라 눈총 주지만 격 없는 짐승 눈치를 알랴

모든 이
모든 사람 '내 교회' 라 칭하건만
나 여기 심은 것 없어 '이 교회' 라 고백하네
죄인인 한 여인 주님께 찾아와
옥합을 깨트려 주님 발에 적시고
발에 입맞추며 향유 가득 부었다
이 옥합 깨트리니
평생 간증되어 '내 교회 우리교회' 가 되었다

잠 6:6 "게으른 자여 개미에게로 가서 그 하는 것을 보고 지혜를 얻으라."

세상에 공짜는 없다

희극배우 제리 사인펠드Jerry Seinfeld는 말한다.
"누구나 섹스에 대해 거짓말을 한다.
섹스 도중에도 거짓말을 한다.
거짓말이 없다면 섹스도 없을 것이다.
Everybody lies about sex
People lie during sex
If it weren' t for lies, there' d be no sex."

"공짜는 많다. 초등생 박효현의 초심의 푸른 '詩' 다.
공기, 말하는 것, 꽃향기 맡는 것, 하늘 보는 것,
나이 드는 것, 바람소리, 미소 짓는 것,
꿈도 꽁짜, 개미 보는 것도 공짜라 적었다."

그러나 생각해 보고 또 깊이 생각해보라.
공짜라 생각하는 순간 바보가 되어 사기 당한다.
제리 사인펠드Jerry Seinfeld의 말을 심각하게 기억하라.
초등생 박효현이는 뒤늦게 나이 들어
세상에 공짜가 없다는 걸, 사기 당한 후
깨닫게 될 것이다.

이번 부활절
설교의 제목은 "공짜는 없다."
공기, 향기, 하늘 보는 것, 미소 짓는 것들이 공짜라고?
개미 보는 게 진짜로 공짜냐?
개미가 돼서 물어봐라 정말 공짠지를

개미가 잘난 인간이라며 뺨 때리며 하는 말,
" '코로나19' 에게도 돼지게 터지면서
공-짜 좋아하네."

해설

기독교 관점의 구원과 치유의 시학

최연숙(시인)

문학은 삶을 담는 그릇이다. 삶 속에서 체험되어진 정서적 충격이 상상력이라는 필터로 걸러져 창조적 세계를 이루어 낸다. 문학이 흥미로운 것은 개개인의 고유한 삶의 형태가 다른 데 있다. 그러므로 같은 주제를 가지고 다양한 장르의 작품을 창작해도 서로 다른 내용으로 독자들을 만나게 된다. 작가의 손을 떠난 작품은 오롯이 독자의 몫이 된다. 독자층에 따라서 이해의 폭이 넓고 깊기도 하고 좁고 얇기도 한다. 독자층이란 아는 만큼 보인다는 말로 대체해도 무방할 것이다. 문학의 한 장르인 시 역시 동시대를 사는 사람들이 역사, 문화, 환경 등 다양한 분야에 대하여 서로 다른 인간의 절실한 체험을 담아낸다고 볼 수 있다. 어떤 시인은 "엄마 배고파 밥 줘" 라는 말이 절실할 때 바로 '시' 라고 말하기도 했다. 문학이 나를 둘러싼 모든 사물로부터 시작되며 삶의 심층을 드러낸 글쓰기가 진정성을 획득하게 된다는 것이다. 시는 수사법에 있어서 비유와 은유를 가장 많이 사용한다. 대부분 시의 기본 구성은 비유를 토대로 하고 있다. 또한 은유를 통하여 사물이나 현상 속에 은폐되어 있는 비의를 드러내기도 한다. 시인의 사물의 인식과 정신활동은 복합적인 구조를 지니고 있어 한 마디로 정의하긴 어렵다. 그러므로 지적인 독서의 연장이라고 할 수 있는 시인의 시를 평하는 일은 늘 조심스럽기만 하다. 읽는 사람의 주관적 견해로부터 자유로울 수 없기 때문이다.

김상기 시인은 이미 시, 수필로 등단하여 산문집을 5권이나 발간한 바 있다. 힘든 목회 사역 중에서도 독서와 글쓰기를 결코 소홀히 하지 않는 것은 귀감이 된다. '첫' 에서 나는 청신한 봄 향기를 맡았다. 봄숲에 가득한 연한 햇싹들의 옹아리에 빠져있는 듯 몰입의 감동이

전해졌다. 첫 시집 《흐르는 샘》의 65편의 시를 일독한 후 감지된 느낌은 전반적으로 흐르는 기독교적인 관점의 구원과 치유의 메시지이다. 첫 시집은 시인에게 원천적인 출발점이 되고 동시에 극복해야 할 기준을 부과하며, 시인에게는 지울 수 없는 모태로 각인되는 것이다. 이제 시인이 일상에서 시를 어떻게 발견하고 견인해 가는지 그 공간 속으로 들어가 보자.

해와 달 눈 감아 세상 어둡고
가득했던 밀물 인사도 없이 떠날 때
나는 조용히 두 조각배 닻을 내린다

감았던 하늘 눈 살며시 뜨니
집 나간 썰물 마음 바꿔 사립문 연다
오래 기다리던 두 조각배
이젠 닻을 올리며 떠날 채비를 한다

—「약속」 전문

C.S 루이스는 시를 "언어로 그린 그림" 이라고 했다.

시를 읽으면서 그림이 그려지는 시는 비유나 은유 등의 수사법을 적재적소에 잘 배치하여 묘사를 잘 했다는 의미이기도 하다. "해와 달이 눈 감아 세상 어둡고" 는 구절은 인생의 가장 힘든 때를 의미한다. "가득했던 밀물 인사도 없이 떠날 때" 와 "나는 조용히 두 조각배 닻을 내린다" 는 것, 이는 우리네 보편적인 삶이기도 하다. 증시를 나타내는 그래프처럼 삶은 요동칠 때도 있는 것이다. 밀물처럼 풍성하던 삶이 예고도 없이 소용돌이 칠 때 만선의 기쁨으로만 들떠있던 닻을 가만히 내렸다는 데에서 우리의 삶을 주관하시는 창조주께 순응하는 겸손한 태도라고 할 수 있다. 그렇다고 마냥 기다릴 수밖에는 없지 않는가. "감았던 눈을 살며시 뜨니", 이제 "집 나간 썰물이 마음 바꿔 사립문 연다" 유지경성有志竟成이라고 뜻이 있으면 길이 열리고 인생은 마음먹기 달렸다는 것처럼 수동태가 능동태의 시점으로 귀의한다. "오래 기다리던 두 조각배" 인생의 어두운 시기에는 반드시 인내가 필요하다. 언제 다시 시작할 것인가의 시점도 중요하다. "이젠 닻을 올리며 떠날 채비를 한다" 기다림이 불러들이는 희망과 열정이, 할 수 있다는 믿음이 만선의 꿈으로 귀착하는 것이다. 시인은 두 연으로 이루어진 이 시를 언어로 그림을 그리고 있다. 그 그림 앞에서 나는 삶의 한 경점을 아름다이 읽고 있다.

《흐르는 샘》의 물은 흘러야 새물이 고인다. 옹달샘 물도 고이기만 하면 썩는다. 이스라엘과 요르단의 접경 지역에는 두 호수가 있다. 갈릴리 호수와 사해死海호수이다. 갈릴리 호수에서 북동쪽으로는 헬몬산이 자리 잡고 있고, 헬몬산에서 녹은 눈과 밤사이 내린 이슬은 산 등성을 타고 흘러 갈릴리 호수를 이루고 요단강을 따라 사해까지 이른다. 갈릴리와 사해는 같은 곳에서 내려오는 물줄기를 받는 호수인데도 그 모습은 너무나 다르다. 갈릴리 호수는 물을 받아서 흘려보내기 때문에 깨끗하고 고기가 많이 살고 주위에 식물이 무성하다. 하지만 사해는 갈릴리 호수의 5배에 달하는 크기에도 불구하고 물을 받기만 하고 흘려보내지 않아 물고기는 물론 그 주변에 나무나 풀도 자라지 않아 이름처럼 죽은 바다로 불린다. 물이란 들어오고 나가는 곳이 있어

지속적으로 흘러야 한다. 흐르는 샘이어야 언제나 맑고 청량한 물로 생명을 살릴 수 있는 것이다. 흐르는 샘의 의미는 비단 물만이 아니다. 우리의 물질세계 구조도 그렇다. 돈도 좋은 일에 써야 또 모이는 것이다. 무조건 움켜쥐고만 있으면 수익과 순환의 역사를 이루어내지 못한다. 흐르는 샘처럼 끝없이 돌고 돌면서 흘러야 한다. 여러 면에서 시집 제목이 예사롭지 않다. 아래 두 편의 시가 개별적 시상 같지만 제목과 내용에서 연관성을 이루고 있어 같이 살펴본다.

긴 터널 뚫고 나와 눈을 떠보니
물안개 핀 작은 언덕 내 고향
지친 발 주무르며 앞산 바라보니
웬일인가 이곳은 나의 옛 동산
오늘 누가 올까 맘 조리는데
꿈에 본 그분 여기 있었네

하늘 떨어지고 땅 꺼질 때
어디선가 들려온 솔베이지의 선율

여름 가고 가을 지나 겨울잠 취할 때
봄 병아리 소리치며 사월을 알리고
구름 태양 가리고 세상 빛 잃을 때
무지개 약속대로 낯선 곳에서 아침을 맞는다

— 「흐르는 샘 곁 작은 풀꽃」 전문

돈아, 돈아,
너는 돌고 도는 다람쥐의 별명
돌고 돌아 다시 올 때는
아파하는 이의 위로가 되고
슬픈 이의 격려가 되며
빚진 자의 기쁨이 되고
억울한 자의 재판관이 되거라

돈아, 돈아,
너는 쉴 새 없이 날아다니는 촉새의 별명
가난한 이 불쌍히 여기고
농부의 뿌린 씨 백배로 거두는 것처럼

나누는 착한 이에게는 펑-펑 솟는 샘물이 되거라

돈아, 돈아,
너는 나의 다정한 친구
돌고 돌아 다시 올 때는
삼십, 육십, 백의 친구들과 떼를 지어 함께 오거라
그분을 위해
나는 너희들을 다시 지구 저 끝으로 파송하리라

— 「돈아$₩」 전문

예시한 두 편중 첫 번째 시는 제목에 의미를 두고자 한다. 시는 제목이 시 전체의 70%를 차지한다고 본다. 내용이 빈약한 시에 잘 된 제목을 두거나 제목이 부족한데 시의 내용이 알차면 상호보완 작용을 하게 된다. 시의 제목에 대해서도 깊은 사유가 필요하다. 「흐르는 샘 곁 작은 풀꽃」은 샘 곁에 자리한 작은 풀꽃 한 송이가 사계절 청청하여 꽃을 피우고 있는 것을 발견한 시인의 깊은 시선을 볼 수 있다. 스처지나는 사소하다고 생각할 수 있는 자연이나 사물에 대한 의미부여나 새로운 발견은 시인의 몫이다. “긴 터널 뚫고 나와 눈을 떠 보니 / 물안개 핀 작은 언덕 내 고향” 긴 터널은 어두운 겨울을 암시하기도 하고 고난의 시간으로 읽히기도 한다. 터널을 나온 화자는 물안개에 가려져 아련히 보이는 작은 언덕에서 고향을 만난다. 고향처럼 안온한 쉼터가 있을까. 가족의 시원이자 어머니의 품 같은 고향은 우리 모두가 한결 같이 갈망하는 삶의 귀향처이기도 하다. 고향 동산에 서면 누군가 반가운 이를 만날 것만 같다. 이제는 꿈속에서나 만나야 할 어머니, 아버지가 눈앞에 보이는 착각을 일으킨다. 2연도 여전히 시작은 절망이다. 한줄기 희망의 선율에 마음을 싣고 행복했던 시간의 회귀를 기다린다. “구름 태양 가리고 세상 빛 잃을 때 / 무지개 약속대로 낯선 곳에서 아침을 맞는다” 역경 속에서도 사월은 오는데 사월은 잔인한 계절일 뿐이다. 무지개 약속이 없었더라면 안타까운 절망 속에서 지내야 하는 시인은 낯선 곳, 한 번도 가보지 않은 곳에서 맞은 아침에서 위안을 얻는다. 특정하지 않은 그곳은 우리가 사모하는 저 천국일 수도 있다.

현대사회는 물질의 소유만을 지향하는 물질만능의 가치관이 널리 퍼져 수많은 사회문제를 양산해내고 있다. 돈벌이를 위해서는 윤리나 도덕도 팽개치고 오직 많이 갖기 위한 맘몬의 바벨탑을 쌓고 있다. 인간의 욕망을 부추기는 자본의 논리에 많은 사람들이 노예가 되어 쓰나미처럼 몰려가고 있다. 더 많이 누리고 호화롭게 사는 것이 과연 잘 사는 것인가. 시인은 현대인들의 잘못된 물질관에 쐐기를 박는다. 돈에 신성한 생명력을 부여한다. "아파하는 자의 위로가 되고 / 슬픈 이의 격려가 되고 / 빚진 자의 기쁨이 되고 / 억울한 자의 재판관이 되거라" 고 명령을 한다. 그렇다. 돈은 그런 데 쓰여져야 하는 것이다. "나는 너희들을 다시 지구 저 끝으로 파송하리라" 는 마지막 행에서의 변주가 전체를 아우르고 있다. 돈을 가장 가치 있는 곳에 사용하겠다고 고백한다. 돈은 그런 사람에게 떼를 지어 가야 하는 것이다. 지구촌에 아직도 주님을 모르고 죽어가는 사람들에게 생명의 복음을 전하는 일보다 우선하는 일이 무엇이겠는가. 김상기 시인은 언어를 감각적이고 다층의 의미 확장으로 다루어가는 직관이 뛰어나다.

여기 단순한 하나의 물질이라도 누구의 손에 들려지느냐에 따라 놀라운 역사를 이루어 내는 작품에 주목한다. 화자의 개별적 체험이나 인식이 보편적 공감대를 지나 영원성을 획득하고 있는 다음 시를 살펴보자.

구부러진 못 한 개
버려진 나무 한 조각이
그의 손에 들려져 위대한 성전이 탄생된다

그는 지혜로운 목수
나는 구부러진 못 한 개
버려진 한 조각인 나
그의 손에 들려져 천성을 만든다

— 「지혜로운 목수」 전문

그 분이 오시나 보다
그분이 오실 때면
먼저 하-얀 기별을 하고 오신다고 했지

조금 기다리면 오시겠네
조금만 더 기다리면

저 멀리 이상한 구름
혹시 그 분이 아니신가 기다린다
어린 소년 뒷동산 바위에 앉아
가슴 떨며 기다린다

— 「첫눈」 전문

시 「지혜로운 목수」는 시편118편 22절~23절에 "건축자가 버린 돌이 집 모퉁이의 머릿돌이 되었나니"의 성경구절이 떠오른다. 시인은 사람에게 버림을 받았으나 하나님께 선택 되는 과정 속에서 버림받은 돌이 모퉁이의 머릿돌이 되는 신비를 깨닫고 전하는데 비유를 중심으로 전개하고 있다. "구부러진 못 한 개"와 "버려진 나무 한 조각"이다. 아무도 관심을 두지 않는 발길에 치이는 구부러진 못이다. 공사장에 여기저기 널려있는 버려진 못과 나무 한 조각이다. "그의 손에 들려져 위대한 성전이 된다" 지혜자의 눈에 띄면 위대한 창조의 역사가 일어난다. "그는 지혜로운 목수" 화자는 "그"를 목수이셨던 예수님을 지칭하고 있다. 하나님의 지혜는 지식으로 얻을 수 없는 영원한 것이며, 모든 사람을 죄에서 구원하여 생명으로 살게 하시는 십자가의 도로 드러난 광대무변한 것이다. 그 지혜로운 목수 곁에 있는 화자는 "나는 구부러진 못 한 개"라고 겸손히 고백한다. "버려진 한 조각인 나"로 1연 2행에서 한 조각 버려진 나무의 신세가 바로 나란 사실을 인정하고 있다. 인간이란 얼마나 구부러지고 휘어져 추하고 쓸모없이 버려져야 했던가. 하나님 편에서 보면 죄 많은 인간은 버려질 수밖에 없는 존재인 것이다. 그것을 깨닫고 예수님을 나의 구세주로 믿는 사람은 복 있는 사람이다. "그의 손에 들려져 천성을 만든다" 주님의 손에 들려지면 사람이 생각지 못 한 초월적인 역사를 이루어 낸다. 이제 주님이 주인이시고 나는 주인에게 순종만 하면 놀라운 역사는 지속되기 때문이다. 짧은 시편 속에 회개와 구원과 영생천국의 복음의 핵심메시지를 담고 있다. 시 「첫눈」에서는 마라나타를 사모하며 기다리는 신부의 모습이다. 하나님께로 향하는 마음이 간절하다. 그러므로 시선을 땅에 두지 않고 하늘에 두며 산다. 육적인 삶이 아닌 영적인 삶이 시인의 모든 것이 되었다. 고요하고 단정한 심령으로 그분을 기다린다. 자연계의 현상을 보고도 그분일까 가슴 떨리는 어린아이 같은 신앙의 순수성을 보게 된다. 하늘나라는 이런 자의 것이 아닐까 생각한다.

프랑스의 시인이자 비평가인 생뜨베브가 "그 나무에 그 열매 tel arbre, tel fruit" 라는 명언을 남겼다. 그 사람 자체를 알지 못하고 작품을 판단할 수 없다며 작가를 둘러 싼 생활환경을 중요하게 여겼는데, 많은 부분 공감한다. 시를 읽다보면 그런 부분을 자연스럽게 만나게 된다. 타국에서 목회를 하고 있는 김상기 시인의 시에서는 고국을 그리워하고 부모 형제를 그리워하고 복음을 향한 애타는 목자의 심정을 만나게 된다. 그의 신분과 환경을 자연스럽게 알게 된다는 의미이다. 그러므로 시인을 모르고 시를 평하다보면 오류에 빠질 수도 있다는 생뜨베브의 말은 설득력이 있다.

저-멀리 비행기 날고
두리둥실 뭉게구름 떠날 때
소슬바람 얼굴에 스친다

강 건너 붙박이 된 눈
물이 깊어 건널 수 없다
종일 누군가 곧 올 것 같아 강가를 서성인다
기다리는 사람 여전히 오지 않는다

뱃사공은 세월을 젓고
강은 여전히 바람만 만지작거린다

— 「어머니」 전문

아무 것도 지닌 게 없다
모두를 줘버렸기 때문이다
비적 마른 팔 한 점 살이 없는 얼굴뿐이다
그는 산의 흙이 되었다

또다시 흙이 된 살을 파먹는 자식들

산이 된 어머니의
오른 팔은 아들이
왼 팔은 딸이 싹-뚝 잘라
돈으로 바꿔버렸다
불구가 된 어머니
남은 다리 두 개마저 홍정하는 자식들
흙이 된 어머니 다시 눈을 감는다.

—「산-사태山-沙汰」 전문

시 「어머니」는 기다림에서 비롯된 쓸쓸한 심사를 드러내고 있다. 어느 그림에서 늙은 어머니가 언덕에 앉아 흰머리 날리며 먼 곳을 응시하던 모습이 잊히지 않는다. 이 시에서도 강을 건너올 자식을 기다리는 어머니의 눈은 붙박이가 된 지 오래이다. 비행기가 지나고 머리 위에 떠있던 변화무쌍한 구름도 떠났지만 여전히 강 건너 자식이 올 것 같은 기다림은 사라지지 않는다. 물이 얇으면 냉큼 건너기라도 하면 기다리는 자식을 더 빨리 만날 것 같기도 하련마는, 뱃사공의 행동은 손님을 기다리는지 마는지 딴청만 피우고, 간절히 자식 손을 잡고 싶은 어머니의 마음을 읽기라고 한 듯 강이 바람의 손을 만지작거리고 있다. 마지막 두 행의 변주가 절창이다. 망운지정望雲之情이 이 시에서 읽혀진다면, 시 「산-사태山-沙汰」에서는 억장이 무너지는 난신적자亂臣賊子의 사건을 목도하게 된다. "또다시 흙이 된 살 을 파먹는 자식들 / 산이 된 어머니의 / 오른 팔은 아들이 / 왼 팔은 딸이 싹-뚝 잘라 / 돈으로 바꿔버렸다" 고 호소한다. 부모는 자식에게 주고 또 주고 빈털털이가 될 때까지 자식의 필요를 채워준다. 다 주고 남은 것은 비쩍 마른 몸뿐이다. 자식들 키우느라 젊어서 몸을 아끼지 않고 고생했던 후유증으로 나이 들어선 늘 아픈 날이 많다. 그래도 자식들에게 아프다고 내색하지 않는다. 그 어머니는 이제 돌아가시고 어머니가 묻힌 산까지 팔아 자기 몫을 챙기기에 급급한 비정한 자식들을 본다. 돌아가신 어머니가 그 광경을 보고 눈을 부릅뜨고 덜덜 떨다가 다시 눈을 감는다는 하늘이 울고 땅이 울 기막힌 상황이다. "불구가 된 어머니 / 남은 다리 두 개마저 홍정하는 자식들 / 흙이 된 어머니 다시 눈을 감는다" 는 얼마나 강렬한 페이소스인가.

아침을 연다
그가 아침 눈을 열고 나를 본다
아침 이슬에 청초한 마음 한 줄 건너온다
그의 마음에서 부터 열리고 닫히는 하루

눈을 뜨면 새 희망이 보인다
나를 감싸주는 포근함
행복한 일상으로 이어지는
너의 이름은 월드 와이드 웹w.w.w.

— 「월드 와이드 웹w.w.w.」 전문

언제나 우리는 행복한 사람들
보고 싶을 때 보고
만나고 싶을 때 24/7이다
작은 줄로 엮어진 80억 개의 그물망
한 번의 클릭으로 소식이 오고 간다

밤낮이 다를 뿐 우리는 지구촌의 한 가족

지금 쯤
집으로 돌아 올 시간이네
오늘도 기쁨의 하루가 돼야 한다며
왕거미 엔터를 툭- 친다

—「거미줄」 전문

오늘날은 지구촌이 한 가족이다. 하룻길이면 지구 반대편까지 갈 수 있게 왕래가 빨라지고 인터넷, 유튜브, 스마트폰으로 지구촌 소식을 손안에서 보고 아는 시대이다. 인공지능 로봇이 사람의 일을 어디까지 대신할 지 섬뜩한 이야기도 들린다. 이렇게 가다간 30년 후에는 인류 절반의 일자리를 로봇이 대신한다니 과학의 발전이 오히려 사람을 로봇의 종이 되게 하여 그의 지시를 받고 살게 하는 형국이다. 어떤 분의 강의에서 “미래에는 모두가 ‘w’를 사용할 것이고, 이를 통해 커뮤니케이션하게 될 것이다. 은행도 ‘w’가 들어올 것이며 심지어 전쟁도 'w'를 통해 할 것이다." 고 하더니 그 말들이 현재 실현되었고 그것이 월드와이드웹(www)이다. 그 안에서 우리는 사람을 만나 마음을 나누고 음악과 예술과 지식과 정보를 얻기 위해 웹서핑을 하기도 한다. 이제는 온갖 지식을 걸러서 바른 지식을 취할 줄 알아야 하는 시대에 살고 있다. 시인은 거미줄처럼 작은 줄로 연결된 웹을 통해 밤낮은 다르지만 태평양 건너 친지들이나 친구들과 안부 인사도 건네고 그들의 생활 패턴까지 꿰고 있다. 전에는 편지 한 통 주고받는 것도 한 달이나 걸리던 것이 마음만 먹으면 바로 소통이 가능한 것이다. 시차만 다를 뿐 많은 것을 공유한 상태이다. 좋은 세상이라고 해야 할지 아니라고 해야 할 지, 상상할 수 없는 범죄에 정보통신이 이용되기도 하니 순기능과 역기능이 함께 작용하기 마련이다.

풀아, 풀아 거친 풀아
처음부터 네가 거친 건 아니었지
널 보호하려 가진 도구일 뿐

꽃아, 꽃아 가시 꽃아
처음부터 가시를 지니진 않았었지
너 자신을 지키기 위한 은장도일 뿐
나 네게 베어
쓰리고 찔려 피가 흐른다

풀아, 꽃아,
우린 서로를 의지하고
하나였는데
너는 독을 품고 무기를 지니게 되었어

— 「南北」 전문

진딧물 낀 무궁화
100년을 하루같이 살아온 세월
동서남북 이놈 저놈 먹잇감이 되었어도
환한 미소 잃지 않았다

있는 것 없는 것
다 주고도 모자라

가랑이 속 까지 걷어 올리던 힘든 세월
이젠 홀로 서겠다 몸부림친다

—「3 · 1절」 전문

우리나라 통일은 언제 이루어질 것인가? 어릴 때부터 불러오던 "우리의 소원은 통일"은 요원할 것인가. 기대를 놓아버리면 통일과 영영 멀어질 것만 같다. 시「南北」은 남과 북을 풀과 꽃으로 비유하여 풀어냈는데 이미지 묘사가 뛰어나다. "처음부터 네가 거친 건 아니었지 / 널 보호하려 가진 도구일 뿐" 처럼 북한이 키워가는 군사력 증강이 자국의 보호만을 위한 것이라면 얼마나 좋겠는가. "나 네게 베어 / 쓰리고 찔려 피가 흐른다" 는 것처럼 수많은 도발을 통하여 고귀한 생명을 잔인하게 희생 시키고도 오리발을 내미는 저들의 속셈은 알 수가 없다. 그가 겉으로는 평화를 부르짖지만 믿을 사람은 거의 없다. "풀아, 꽃아, / 우린 서로를 의지하고 / 하나였는데"라며 시인의 소망은 어서 하나가 되고 싶은 것이다. 우린 원래 하나였으니까 언제일지 모르지만 하나가 되어야 하는 것이다. 독재정권을 유지하려는 것과 또 다른 속내가 있어서 펑펑 쏘아대는 핵무기는 과연 누구를 해치려 하는지, 핵을 머리에 이고 사는 우리나라 정부에서는 관성에 젖은 것인지 별로 관심조차 없는 것 같아 우려가 된다. 시 「3 · 1절」은 "진딧물 낀 무궁화"로 시작하고 있다. 나라꽃 무궁화에는 유난히 진딧물이 많이 생긴다. 그것에 빗대어 36년의 일제강점기를 비롯 구한말 열강들의 이권침탈과 침략으로 보낸 질곡의 세월을 의미하고 있다. "동서남북 이놈 저놈 먹잇감이 되었어도" 처럼 먹잇감이라 하니 처절하다. 그런데 지금도 여전하다. 호시탐탐 우리나라를 노리는 나라가 주위에 있다. "이젠 홀로 서겠다 몸부림친다"는 대한민국의 100년사가 기적이다. 지금은 세계가 부러워하는 IT강국이자 "세계 10대 경제대국"으로 우뚝 서서 수많은 나라와 당당히 경쟁하는 놀라운 발전을 이루었다. 이젠 해외 어디를 가도 인정받는 대한민국 국민이 되었다. 더 큰 발전과 변화를 이루는 자유 민주주의로 우뚝 서서 속히 하나가 되었으면 하는 시인의 간절한 바램이, 우리 모두의 바램이 속히 이루어졌으면 좋겠다. 20세기 신 비평가인 브룩스Cleanth Brooks는 "시의 언어는 패러독스의 언어" 라고 했다. 표면상으로는 모순되거나 불합리한 것 같지만, 내면적으로 어떤 진실을 품고 있는 역설의 표현을 말하고 있다. 이는 시 읽기의 즐거움이자 시가 가진 힘이다. 짧은 시 두 편이 이 나라의 100년사를 불러내고 있다. 시만이 가질 수 있는 내포적 언어의 함축성이 암시와 상징까지 겸하고 있다. 시인은 점점 더 시의 매력에 빠져들고 있다.

시 창작이란 본질적으로 대상을 통해서 인식한 시인의 견해나 태도를 구체화 시키는 작업이다. 시인은 작품 속에서 시적 화자를 통해 사물을 직간접적으로 반영하게 되고 대상과 시인 사이에 존재하는 기호 체계를 창조적인 결과물로 도출해 낸다. 김상기 시인의 사물을 인식하는 방식은 내면화 된 기독교적인 지식의 바탕에 기인하고 있어 예리하고 웅숭깊다. 기층민들의 어둡고 그늘진 곳에 시선을 두고 복음과 생명사랑으로 승화 시켜 절대자의 위대하신 구원의 은총에 직면하게 하는 시인의 첫 시집에 축하와 축복의 마음을 보낸다.

부록

하나님의 구원 계획

God's plan of salvation

하나님의 계획은 '풍성한 삶' 입니다.

God has a wonderful plan for our life

인간의 문제는 죄입니다.

We are tainted by sin

하나님의 해결책은 십자가입니다.

The cross is God's only solution for our sin

인간의 선택은 예수님을 영접하고 구원 받는 것입니다.

We must accept Jesus Christ as our Savior to receive the gift of salvation

성경은 말씀하고 있습니다.

The Bible says

요한복음 1 : 12 "영접하는 자 곧 그 이름을 믿는 자들에게는 하나님의 자녀가 되는 권세를 주셨으니."

John 1:12 " Yet some people accepted him and put their faith in him. So he gave them the right to be the children of God.

요한복음 5:24 "내가 진실로진실로 너희에게 이르노니 내 말을 듣고 또 나 보내신 이를 믿는 자는 영생을 얻었고 심판에 이르지 아니하나니 사망에서 생명으로 옮겼느니라."

John 5:24 I tell you for certain that everyone who hears my message and has faith in the one who sent me has eternal life and will never be condemned. They have already gone from death to life.

계시록 3:20 "볼찌어다 내가 문밖에 서서 두드리노니 누구든지 내 음성을 듣고 문을 열면 내가 그에게로 들어가 그로 더불어 먹고 그는 나로 더불어 먹으리라.

Revelation 3:20 "Listen! I am standing and knocking at your door. If you hear my voice and open the door, I will come in and we will eat together."

당신은 바로 지금 이 자리에서 기도로 예수그리스도를 영접하실 수 있습니다.

YOU CAN RECEIVE CHRIST RIGHT NOW BY FAITH THROUGH PRAYER

하늘에 계신 아버지	My father in heaven
저는 죄인입니다.	I'm a sinner
저의 죄를 사하여 주옵소서.	Please forgive me my sins
저는 지금 고백합니다.	Now I confess
예수님은 나의 주님이십니다.	"Jesus is my Lord" .
나의 주님, 예수 그리스도	My Lord, Jesus Christ
나를 구원해 주시니	Thank you for saving me
감사합니다.	by your blood on the cross
십자가에 흘리신 당신의 보혈로	Now I know the truth
저는 이제 진리를 압니다.	From now on
나는 당신을 따르겠습니다.	I will follow you
내 마음의 문을 엽니다.	I'm opening my door
제 안에 들어오셔서	Please come into me
저를 변화시켜	and changing me
당신을 닮게 하여 주소서.	as you like
예수님의 이름으로 기도합니다.	in the name of Jesus Amen
아멘	

성경은 예수님을 영접하는 모든 사람에게 영원한 생명을 약속하고 있습니다.

THE BIBLE PROMISED ETERNAL LIFE TO ALL WHO RECEIVE CHRIST

요한1서 5:11-13 "또 증거는 이것이니 하나님이 우리에게 영생을 주신 것과 이 생명이 그의 아들 안에 있는 그것이니라. 아들이 있는 자에게는 생명이 있고 하나님의 아들이 없는 자에게는 생명이 없느니라. 내가 하나님의 아들의 이름을 믿는 너희에게 이것을 쓴 것은 너희로 하여금 너희에게 영생이 있음을 알게 하려 함이라."

1JOHN 5:11-13 "God has also said that he gave us eternal life and that this life comes to us from his Son. And so, if we have God's Son, we have this life. But if we don't have the Son, we don't have this life. All of you have faith in the Son of God, and I have written to let you know that you have eternal life."

이제 당신은 예수 그리스도를 영접하셨습니다.

NOW THAT YOU HAVE RECEIVED CHRIST

예수님은 당신 안에 들어와 계십니다(계 3:20)

Christ came into your life(Revelation 3:20)

당신의 모든 죄는 사함 받았습니다(골 1:14)

Your sins were forgiven(Co 1:14)

당신은 하나님의 자녀가 되었습니다(요 1:12)

You became a child of God(John 1:12)

당신은 영원한 생명을 얻었습니다(요 5:24)

you received eternal life(John 1:12)

하나님께서 예비하신 풍성한 새 삶이 시작되었습니다(요 10:10)

You began the great adventure for which
God created you(john 10:10)

교회출석은 매우 중요합니다.
THE IMPORTANCE OF GOOD CHURCH

히브리서 10장 25절에 보면, 모이는 일을 게을리 하지 말라고 권면하고 있습니다. 아궁이에 여러 개의 나무토막을 넣으면 불이 잘 타지만, 하나씩 따로 떼어놓으면 불은 곧 꺼지고 맙니다. 당신과 다른 그리스도인과의 관계도 이와 마찬가지입니다. 예수 그리스도를 더 잘 배우고, 그가 원하시는 삶을 살며, 다른 그리스도인과의 교제를 갖기 위해서는 반드시 교회 생활을 해야 합니다. 바로 이 주일부터 시작하여 그리스도를 영화롭게 하고 하나님의 말씀을 가까운 교회에 나가서 목사님의 지도를 받으십시오.

In Hebrews10:25, we are admonished to forsake not "the assembling of ourselves together······" Several logs burn brightly together; but put one aside on the cold hearth and the fire goes out. So it is with your relationship to other Christians. If You do not belong to a church, do not wait to be invited. Take the initiative; call or visit a nearby church where Christ is honored, and His Word is preached. Start this week, and make plans to attend regularly.

오늘 예수님을 나의 구세주와 주님으로 시인하고
영접하셨다면 아래에 서명을 하시기 바랍니다.

예수 그리스도를 영접한 날짜와 서명

서명 signature ______________________

날짜 date ______ / ______ / ______

주柱 : 위 내용은 예수그리스도를 알리기 위한 복음전도목적으로 한국대학생선교회의 4영리와 한국네비게이토선교회 BRIDGE에서 일부를 가져왔습니다. 예수 그리스도에 대해서 더 자세한 내용을 알기 원하시면 가까운 교회를 찾거나 선교회로 문의해 주시기 바랍니다.